我们，都是

相日殘廢者

歐陽靖

我們，都是末日殘存者。

2010.07.07 ──────── 22:58

一九九九年九月二十一日凌晨一點四十七分，台灣中部發生了逾半世紀以來，規模最龐大的淺層地震。歷經長達一百零二秒的天搖地動後，全島便在無預警狀態中陷入大停電恐慌，而剛從睡夢中被驚醒的我，也立即拿出電池式收音機關切救災進度。

當聽到傷亡人數由數十人攀升至數百人、甚至數千人時……我腦中突然閃過一個極度詭異的念頭：「第二波千禧年衝擊要開始了，而我沒逃過！」

是的，我活了下來，並等著迎接這世紀末磁場劇變將帶給人心的衝擊。

一九九九年末，我察覺自己罹患了重度精神官能症，就算遍尋名醫，也只能依靠鎮靜藥物來控制躁鬱、暴食等生理失衡症狀。不知是否為必然的副作用？我能明顯感受到藥物使我的記憶力受損，而從來沒有寫日記習慣的我，

在這段痛苦至極的期間，也只能憑藉著攝影與作文來記錄自己曾做過什麼事、去過哪裡、遇見過什麼人。這一奮戰就是五年過去；我花了整整五年才找到自己的奇異點（singularity），並成功逃離千禧年症候群的陰霾。直至今日，我仍很慶幸當初有留下這些文字與影像紀錄，雖然只是個如瘋子般神智不清的胡言亂語、毫無意識而按下快門的無聊作品，至少它們能幫助我稍微想起，這漫遊在無垠宇宙中的五年間，我的腦葉斷層究竟產生了哪些變化？二零零六年到二零零七年，則是淨化與昇華負面回憶的過渡期。我依然創作出一堆毫無章法的文字；大都是在闡述夢境，但總能幫助我更貼近社會現實面。

是的，我又活下來了，這次我心存感激。要感謝我的母親、底片膠卷、酒精、摯友的遺願，還有《The Blind Owl》（中譯：《盲眼貓頭鷹》）及《Benim Adim Kirmizi》（中譯：《我的名字叫紅》）這兩部帶有濃重伊

斯蘭色彩的文學作品，它們讓我知道這世界除了真神之外，還有更崇高的自我存在，也同時深深影響我寫作的邏輯思維。

我相信「平行宇宙」這種東西，而我的意念也確實歷練了人生中最嚴苛、最遙遠的冒險並成功回到當下，此後，我將不再恐懼於任何壯遊的可能性，甚至是再度自我崩毀的過程。人生長短早有底定，與其凌遲生命，倒不如與之對抗，至少我不會再經歷下一個千禧年，或是電影公司為宣傳新片而穿鑿附會的世界末日……應該不會？

透過相機觀景窗能看到的世界很小，而三十五釐米底片中所能顯現的風景更是淺薄。但人類只要憑藉著一張斑駁的黑白相片，就能記憶起許多刻骨銘心的事物。由此可見，歷史並非建構在清晰的條理之上。

是的，所以我拍了一堆模糊難辨的照片、寫了一堆意味不明的故事。

1 9 9 9

《諸世紀（Centuries）》：「1999年第7個月，大魔王將從天而降，如蒙古大王復活一般，戰神將支配一切。」作者為預
土耳其西北部於8月17日發生芮氏規模7.4的強烈地震，造成超過17000人死亡。9月21日，集集大地震：台灣中部發生芮氏

Nostredame（1503 - 1566）。北約組織開始轟炸南斯拉夫。六四天安門事件10周年。7月29日全台大停電：台灣嘉義以北地區發生大規模停電。烈地震，造成約2400人死亡。日本茨城縣發生東海村JCO臨界事故，2名工作人員遭受輻射曝露致死，超過600人受到輻射污染。

人們懼怕迎向千禧年。

千禧年症候群的開端

1999.0.0 ———————— 00:00

生存在最大的混沌之中，
我的命脈就是猥褻。
誰是最具猥褻性的制裁者？

世紀終焉，
我們即將寫下另一篇聖經；
而我所認為的最高罪惡，
就是一無所有。

白痴等十七人的對話（上）

2003.01.17 ——————————— 08:14

「共產主義在這文明的國家無法被接受。」
白痴略有感嘆地說道。

白痴是位左翼分子，軀體也是。兩人唯一不同的地方在於：軀體信奉上帝，
而白痴卻是個無神論者。這一日，她們倆相約未來的某天一定要來場革命；
軀體的表情略有難色，因為世界上的革命起義幾乎沒幾次成功的。

「我們真要做下去的話，是會死人的。」
「怕死就不要做，我流血你會痛，我死了妳也會斷氣！」白痴立場堅決。

軟弱的軀體只能搖搖頭、獨自彎下身攤開粉紫色的瑜伽地墊，並在小腿肚塗
抹上具鎮靜作用的乳香精油；乳香的味道使她感覺祥和、超脫。

「我們一定要革命！」
白痴的聲音就像會散播病菌的蚊蠅般縈繞在耳，但軀體完全無法反駁白痴的
任何決策。

電暖爐開了，白痴聞到乳香的味道，軀體則準備在唸完一遍《玫瑰經》後就
寢。今天是星期六，必須讀「歡喜五端」。和許多青少年一樣，白痴認為神
靈其實應該出現在宇宙象限的另一端，但她從未公開表達過這幼稚的想法。

白痴等十七人的對話（下）

2003.01.17 ————————— 13/65

「結果我們還是沒睡。」

正午十二點了，白痴跟軀體還是沒入睡。疲累的軀體替白痴用醃漬黃豆煲了
一鍋粥，白痴相當不悅，但還是阻止不了她對於那九死一生的革命計畫滔滔
不絕。

「我覺得我們應該先建立一個宗教，宗教是激勵人心的最好方法；而且宗教
會引起戰爭！」

白痴是人格分裂症患者，非常嚴重，除了白痴之外還有另外十四個人格。軀
體不知道另外十四個人格的名稱或立場，只知道白痴有時候會跟她們開會，
大概都是在討論黑洞話題及性知識。

軀體通常在深夜三、四點時會提筆撰寫一些短文，她想成為一名傑出的預言
家，就如同她所認為自己的上輩子一樣。

「我上輩子是一個預言師，我預言這個國家會滅亡，結果就被國王燒死了。
當我被囚禁時，雙手臂被麻繩綁得很緊，就這樣綁了好久，所以現在胳膊的

地方才會有這麼奇怪的對稱胎記。」軀體敘述得巨細靡遺，白痴則完全不相信輪迴這檔子事。

xxxxxxxxxxxxxxxxxxxxxxxxxxxxxxxxxxxxxxxxxxxxxxxxxxxxxxxxxxxxxx

「新年快樂！」

下午一點五十分，母親、舅舅、舅媽、外婆、表弟全在同一時間內走入家門，露出相當愉悅的神情：看來他們今晚準備要通宵打麻將，可是左眼還沒闔過，疲累至極。受不了吵鬧的白痴、軀體跟另外十四個人格不由得同時尖叫，音質大約適用於瀕死前的哀嚎。

我是左眼，我不算第十七個人，因為我的工作只有猜測她們的溝通內容，而非參與溝通。我在十分鐘後就必須服用散瞳劑，然後母親會將所有人一起帶到醫院做治療，我想我在清醒時看到的又會是點滴。跟去年耶誕節一樣，那個被外星人生下、又有外星人奉獻他乳香精油的基督的生日，不管是無神論者還是共產主義者，都透過我看到點滴速度越來越快的畫面，可惜五百毫升永遠滴不完。

三名孕婦，不須經歷死亡卻能
獲得重生的聖者。《聖經》提
過三種死亡：肉體的死亡；靈
性的死；永遠的死，即滅亡。

2002／台北龍山寺

八月最後一天

2003.08.31. ——————————— 17:31

八月最後一天，我感到非常驚恐。我整整睡到中午十二點，大概因為昨日跌跤造成了腦震盪，所以這一晚睡得特別久。

我的夢境很無趣卻很真實：我夢到自己中了樂透頭彩，只有我獨得，我要去台北銀行開戶偷偷把錢存起來。我並不打算立即花光這些錢，我要留著它買更多樂透！

事實上，驚恐的重點在於：我根本不清楚自己有沒有腦震盪？
我不敢去看醫生，也不敢出門；連摯友所演出的最後一場舞台劇，都沒膽子去看。

我不敢接電話。

我居然掛掉阿咪的電話三次，最後還把她設定為來電黑名單，但她是我的好朋友，我不知道自己為什麼會這樣做？我想喝咖啡，家裡沒咖啡豆了，我也沒錢，但重點是：我根本就不敢走出家門去買咖啡。

阿咪沒打電話給我，她只傳了一封簡訊：「妳沒來！」看來她很生氣。
Emma則打了兩次電話就沒打了，她應該是要跟我談外拍的事。其實我根本

就應該把手機給關了……喔，算了，我不想搞消失這老套的招數，雖然現在也差不多，但朋友們至少知道我還清醒著，只是無力面對現實。

今天外婆在洗澡時，我偷拍了幾張照片。她做了一件非常奇怪的事：她居然邊洗澡邊剪頭髮、還把頭髮丟進馬桶裡！基本上那樣做會造成排水道阻塞是常識……管他的，我拍起來了，如果排水管不通這就是證據，至少足以證明不是我亂丟菸蒂造成的。

我正在飲用藏在書桌底下的威士忌，我還是比較想喝咖啡。家裡第三個女人，母親，她還沒回來，等她回到家後才能鑑定我到底有沒有腦震盪？她應該是我家三個女人裡唯一頭腦正常的。

現在是下午五點，我又想睡覺了。看螢幕很吃力，因為我看到三個螢幕。

我剛剛對了樂透，星期五開獎的，對中兩個數字，鈔票馬上就消失了。我還剩十幾卷底片，希望明天上班時能順便沖洗出來，不過我最近拍得很節省。我昨晚沒接店長的電話，他應該只是想問我今天到底要不要上班，結果我當然沒去上班。
我要去睡覺了，不然這種驚恐會持續下去，其實我很想睡著就別起來了。

二零零三年八月最後一天，外
婆做了一件非常奇怪的事：她
居然邊洗澡邊剪頭髮，還把頭
髮丟進馬桶裡，如果排水管不
通，這就是證據。

2003 / AGFA ULTRA100

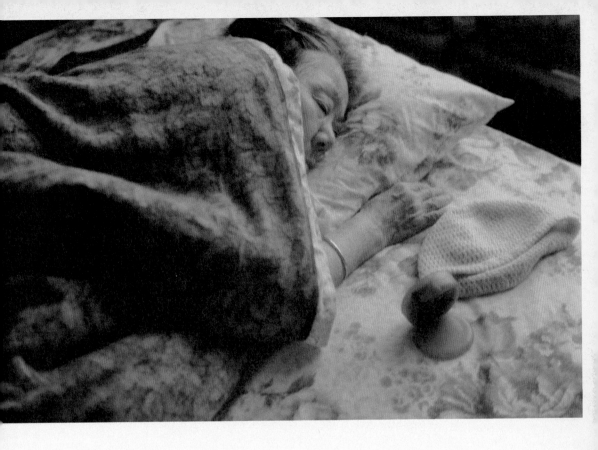

22:23

混沌的九月初

2003.09.03 ——————— 2003.09.05

颱風快走了。

二號凌晨我吞了一點藥，才會把冰箱裡的冷藏肉片用果汁機打爛、再將血水倒進馬桶、用Contax T3拍了幾張做作的照片。今日在沖印店上班時，沖出了這卷沒貼上任何標籤的黑白負片，成果很虛假、很做作，讓我深深慶幸「好險沒被別人看到」。不知道自己幹了什麼蠢事的感覺，事實上是新奇大過於可怕，每次沖洗自己拍攝的東西都有種新鮮感，我想那是我持續著一直拍照的原因，也是我決定開始寫日記的原因：我無法記清楚自己做過什麼事，長期吃鎮靜劑都會有這種副作用。

另外，同一卷底片內還有幾張外婆熟睡、洗澡的照片。

今天中午我約了小琪在敦南誠品碰面，雖然沒下雨，但早上的風好大，可見颱風尾還盤旋在頭頂上。我傳了封簡訊給她：「我可能會晚到很多……」但其實是因為我還得去震旦行替沖印店買一隻可以用的滑鼠……好吧，事實是我懶得赴約。

小琪是個標準的「迷妹」，我對這種人感到害怕：十幾歲、上同性戀交友網

站，用Webcam留下很模糊的自拍照片。對我來說，即使是禮貌上的會面依然顯得多餘，但我還是請她喝了一杯七十元的冰咖啡。如同意料之中，她看到我時非常興奮，簡直像是被臨幸了一樣，她要求我送她幾張簽名照，我也裝作爽快地答應了。

「妳知道HG現在跟莎莎在一起嗎？」正當我準備將她打發走時，她卻說出了一個讓我有點震驚的消息：我的前女友莎莎，她在跟一個大藥頭交往。

她們應該會瘋狂做愛，莎莎嗑了藥後的性需求很大，這點沒人比我更清楚。小琪應該不知道我們交往過，她只是個單純的八卦妹，而且莎莎很漂亮，在網路上受到眾人矚目是理所當然的。HG則是我極討厭的醜八怪，這個人除了能拿到免費搖頭丸之外幾乎一無是處，但對莎莎如此墮落的女孩來說，免費搖頭丸就等同於生命的真善美。

我今天穿了女裝，有點厚但是很漂亮的灰色針織衫，還畫了左眼的眉毛。小琪硬要在風雨中陪我走到店裡去上班，還偷摟我的腰，讓我氣到想殺了她。

數個小時過去，我終於沖洗完自己的照片，頭還是有點暈，所以我決定提早

下班。至少我完成了今天最大的任務：帶來一隻可以用的滑鼠。颱風似乎沒了，天空下著小雨，我乘坐288路公車回家吃晚餐：媽媽煮了韓式豆腐鍋，從她的笑容看得出來，我回家吃晚飯對她來說是一件很棒的事。阿咪總共打了兩通電話給我，她大概是要慰問我的身體狀況，但我也不知道自己為什麼不接電話。我滿珍惜現在身邊的人，無論他們做了什麼都可以被原諒，雖然他們不見得會原諒我。

我與媽媽坐在一起看日劇，日劇播完後有新聞快報，颱風警報已經解除了。

【第二天】

我睡到自然醒，也忘記要幫媽媽上電腦課，她連開機都不會，我有義務把她教到會使用Word文書處理軟體。可能是因為吃了太多鎮靜劑，我居然完全不知道自己睡前傳了簡訊給莎莎、HG、阿咪、Emma、小琪……等等共十二個好友。我告訴她們我的日記網址，這等於讓我在他們面前脫光光，還把外陰唇用力翻開。

28:29

讓別人閱覽自己的私密日記是多麼恐怖的一件事！一直到今天醒來查看手機發信紀錄時，我才感到後悔莫及……

有時候，我真的受不了不知道自己做過什麼事，去他媽的副作用！

可能因為颱風剛走，中午陽光刺眼得很誇張。

我決定不去漢口街買底片，而情緒也逐漸由懊悔轉換為憤怒。反正我已經有被這幾個人看透的心理準備，其實被所有人看透都無所謂。我想起自己的第一次性經驗，當對方碰觸到我的身體時，那種皮膚的細微抽動是很可怕的，可怕到讓我在一瞬間了解自己要的是什麼。就算再自大、再崇高的女人，高潮時還是會痙攣。

我寫不出東西來了，我一直告訴自己：「日記是寫給自己看的。」卻毫無幫助。就算今日還沒結束，九月四日的日記就到此為止。

【第三天】

52mm的標準鏡頭，刮花非常嚴重；對於手中的這台古董相機，我完全不知

道該如何裝片、如何退片？好險沖印店的店長解救了我，不過他在我不注意時就把底片給裝好了，所以我還是不知道該怎麼裝片或退片。

半邊臉是麻的，早上除了照X光之外還打了一針，好像是穩定肌肉用的。我今天莫名其妙地感覺很幸福，一切都很好，還沒有好到像夢境的程度，但一切都很好。

夕陽沒有風，雲不會動，我告訴自己：「前晚的日記是白痴寫的。」但在三十秒前，我才剛把整個BLOG都刪除了，與外界斷絕聯絡的感覺比自殺還好。

不知道自己幹了什麼蠢事的感
覺，事實上是新奇大過於可
怕。馬桶裡面就應該要有頭髮
才對。

2003/AGFA ULTRA100/Contax T3

白痴與奇異點

2003.09.06 ——————— XX:XX

我不是白痴，白痴卻引導我去做每一件事：告白、諂媚、譁眾取寵，終將被
所有人辱罵、批鬥，最後陷入仇恨與反社會的無間深淵。白痴極想要受到他
人重視，他會公開自己最私密的負面情緒：如同在大庭廣眾之下脫掉內褲、
裸露出既細小又歪曲的陰莖，只為了得到女人們虛情假意的安慰與憐憫。當
他受輿論攻擊時，受刑的人是我，白痴卻樂此不疲。

我自始至終都在尋找一個奇異點：一個遁入後，空間和時間都會消失的奇異
點。好長一段歲月，我相信所有合理的事物都已經背棄了我。痙攣、抽動、
脫肛……奮力的呼救喚回了什麼？我還是在尋找一個奇異點，壓縮後沒有記
憶的奇異點。這不是逃避，最起碼我辯稱這不是逃避，每個人都一樣卑劣，
都在用各種低下手段耽擱冗長無味的生命。

悲劇人物

2003.XX.XX ———————— XX:XX

阿里巴巴的女奴摩迦娜，用滾燙熱油將藏匿在甕裡的三十九個強盜活活燙死，然後再以舞蹈色誘強盜頭子，用短刀將他刺死。這故事聽來殘酷，但事實上也沒什麼人會真正感到殘酷，沒有任何一個角色在這場血腥事件中成為悲劇人物；受害者與社會互動那一面從未被闡述。

也可以說，當這些角色被創造出來的同時，就注定不受憐憫。

矯情的牲畜

2003.XX.XX ————— XX:XX

清晨天色還是灰的，雲好像被驅使黏在一起，散不開，悶得連空氣都汗濕了。露珠依附在溫熱的鐵皮屋頂上抖動，一旦凝結壯大到可以滴落的程度，卻又被迫蒸發。倒是柏油路面不斷滲透出的臭水，異常劇烈地發出無數滋滋聲響。

她裹著棉被，呆坐在車庫內的水泥地板上，鐵捲門縫擠出的一絲陽光玷污了這個超乎純淨的空間。早晨沒有雞啼是因為公雞都死光了，不只是喉嚨被割斷，還成了喪心病狂，在都市中越趨愚蠢的畜生。

她想睜開眼睛，卻發現睫毛被膿黃的眼屎給黏住了，像隻被遺棄在路邊車底下的幼貓。她愚痴地選擇放棄，繼續闔上那早已忘卻的憂愁與悲慟。

她的文字太過矯情、贅述太多；論點往往不合理，她為自己所學之少感到羞愧。於是她創造出一個表象化的「自我」，甚至去扮演它。

它說：「創造我的人，如今沉浸於自溺，就像某些武俠小說家一樣，相信他已變成了自己筆下的人物。」

棄貓

活著，

還活著？

還活著……

我死掉了。

事實上，我剛剛死掉了，我看到四個亮點越來越大，然後我的頭顱就掉下

來了。

柏油路中間有一些食物，我跑去吃，我以前從沒吃過那種軟爛酸臭的東西，

他會給我吃一顆顆硬硬的乾糧，乾糧比較好吃；他還會抱著我睡覺。

我不想讓別人占有他，當我發現他有朋友來訪時，我會在他的書桌上排泄。

某夜來了個不認識的女人，她氣憤地把我拋到戶外，隨後我一直看到很多

燈、聽到許多巨大的聲響，但我恐懼到不敢直視這些怪物。我不知道他在哪

裡。他應該也不知道我在哪裡，否則他會來找我。

沒想到，我只是太餓，居然餓到連腸子都流出來了。

交配與失誤

2004.XX.XX ——————— XX:XX

妳要活在自己的世界裡，悲哀太大， **填不滿**。

他的生活很美麗，不能把他像被抽取膽汁的熊一樣禁閉起來。

他還要交配，他在發情，他還有很多糖果可以吸吮，雖然妳也在發情。

妳的腋窩、膝蓋、外翻的腳指甲、乳房、肛門、攤開來的海豹皮。

妳的肚臍、妳的側腰胎記、痂皮、妳的摸索、妳的失誤、妳的嚴重失誤。

這些事情，妳的生命、訴說、容忍、透露、轉換、爆炸。

喀嚓→閃光燈→喀嚓→快門。

妳以為妳沉睡了，還緊閉著雙眼，腦勺便撞到窗角。

妳買來擦汗的手巾只拭過兩次眼淚：摯友的死訊、他的自由，而妳卻陶醉在

這種悲哀裡。

他對妳的占有慾已經轉化為一種對病患的同情，妳可憐，也可惡、可恨。

什麼都沒有好可悲，而悲哀太大填不滿，妳也不想再去費力製造彩虹。

酒精

2004.XX.XX ———————— XX:XX

我是酒精，
我讓她坐在稿紙前傻笑。

她不知道該怎麼做，
才能走進其他人類極度殘破的生命？
褻玩他們、
占有他們、
操控他們。

所以她吞下我，我讓她傻笑，
跟個政治狂一樣。

2004　　中國「SARS病毒滅活疫苗」獲得國家食品藥品監督管理局批准，進入一期臨床試驗階段。前奧姆真理教教主麻原彰晃被判

世界第一高樓台北101正式完工啟用。

頭

2004.07.20 ——————— 00:00

我總有一天會忘記
自己的頭在哪裡。

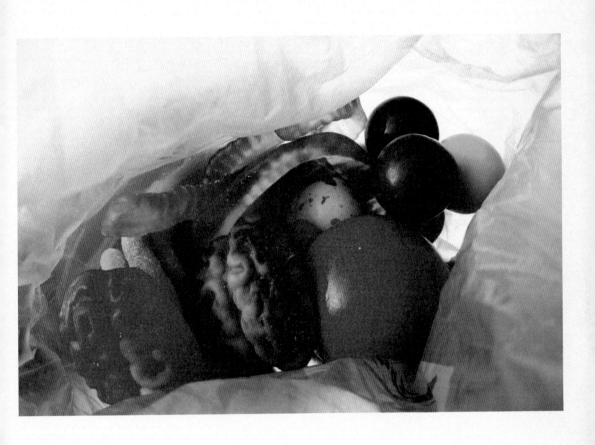

偽善症

2004.07.25 —— XX:XX

從外觀來看你，下腹部會有淺淺的青色，這是因腹腔產生廢氣之後，腹壁緊繃造成的現象。

解剖後，若肝臟或脾臟下方接觸腸管的部分也變成黑青色，那麼大概距離事發還不到二十四小時。這種現象是由於你吞下了淚液，腸中產生的硫化水素和悲哀的紅血球分解出來的血紅蛋白相結合，最後變成硫化鐵。

由於看到的藍黑色並不是真的色素沉澱的結果，所以我們便稱之為偽善症。角膜是無色透明的，就像你的其他組織一樣，擁有大量細胞與纖維，也包含許多水分。這些水分會從表面蒸發，你快樂時可以從淚腺補充，但悲哀時就不會再分泌出淚水了。水分逐漸蒸發掉，最後乾枯，當眼球乾枯，表面將出現無數細微皺紋而顯得混濁不清。

不過，泡在水中四天的我的角膜也是混濁的，所以這個現象並不完全是由乾燥造成的。

西門町瘋馬撞球場

2004.09.21 ———— XX:XX

我記得，曾在半夜三點，到西門町獅子林的瘋馬撞球場救出一個人。

我喝了不少酒。

我把她帶去和平東路、捷運麟光站附近的廢墟拍照：我們闖空門，看到很多破掉的鏡子。
隔日一大早，我必須與NIKE開會討論攝影案，所以我抽了根香菸，而她也幫我拍了一張照片。

我先走了，
吻她，是希望她要乖。

她沒有乖。

然後，有很多破掉鏡子的那棟廢墟，現在已經被封鎖起來了。

零陣亡戰役中的一對男女

2005.XX.XX ——————— XX:XX

她隨手用力一扔，纏攬住的矽橡膠導線在桌面彈動了兩三下，與沙發平行的
角度還可以同時窺見螢幕上的「謝謝惠顧」字樣，以及因失去重心而晃蕩的
麥克風頭。

當然她就像Jack Kerouac一樣用酒精與毒品填塞軀體。
當她把頸子往左一撇，鹵素燈映照在深褐色墨鏡鏡片的光芒越發明亮。
她起身前並沒有把菸頭撳乾淨，灰燼，苟延殘喘。

數年前她為Sid在廚房煎烤郵購來的高級牛肋排，或許是使用化學物質將一
切都合理化了……連牛排刀劇烈摩擦骨瓷盤面的噪音都被眾人所喜愛著。

今天是她的三十四歲生日派對，卡拉OK包廂內也擠進三十四位心智骨瘦如
柴的年輕人。她每唱完一首歌，都能透過墨鏡看到裝盛冰啤酒的冷水壺中，
伸出了千萬隻空盪盪的無名指，然後又在一小時四十分鐘的鼓譟後，她將

Sid兩年前送給她的求婚戒指配著麥角酸二乙胺吞下。

Sid是位獨立廠牌的音樂製作人，他們之所以會相識，也是由於一張室內樂團的專輯錄音。多年前任職於樂團公關的她在Brighton留學五年，這是她在當地繼兼差樂手後的第二份工作。彈了近十年爵士鋼琴的她卻在一夕之間拒黑白琴鍵於門外，專心公關事務，這也是Sid永遠無法理解的地方。他們在科索沃戰爭期間分手，二零零四年復合，復合的原因居然是Sid追到台灣來跟她求婚，而她也已逃累，所以只好答應了。

不知道這能不能算是大時代的悲哀？他們總是在國際情勢不穩定時爭吵。事實上也有許多人性在零陣亡戰役中成了犧牲品，雖然並未親自參與戰爭，對於政治局勢超乎敏感的Sid卻在此之後性情大變，兩人也就這麼漸行漸遠。這牽扯到很複雜的精神態度，如果把「分離」硬歸咎於大社會變遷也未免太不負責任，故在此不多加贅述，重點在於這個由古柯鹼所堆積出的感情架構如何崩垮。

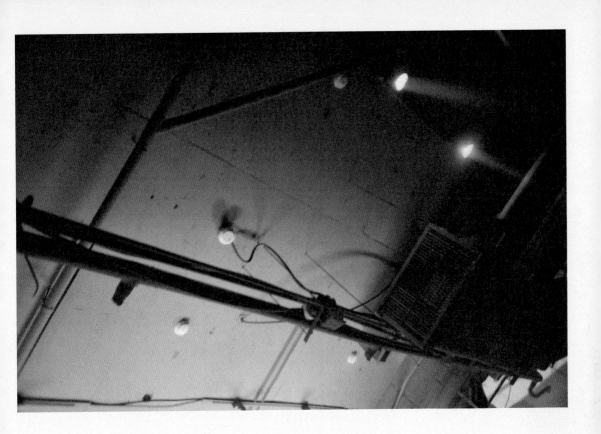

受精的女人

2005.07.16 ───────── xx:xx

以頭髮掉落的數量來說，很像在洩憤。

而受精的女人苦澀地往後看，
「只因為妳的慾望是不合理的。」白痴說。

事實上，我可以用四千字去敘述我在五秒鐘內腦筋閃過的畫面，
可是我不想，因為我的生活就目前而言一點刺激性都沒有。

世界上最樂觀的人

2005.08.26 ———— XX:XX

當整整一個月都滴酒不沾後，會有種莫名暈眩的錯覺；我得學會複習自己的
生命。

愛上任何人都是業障。五年前，夜裡，躺在我與她的床上。女人只能緊抱
著枕頭，抑鬱地哭泣，為了平撫她的眼淚，我對她說出一些充滿希望的謊
言；我的謊言不斷改變、擴張，最後不僅可以自圓其說，更可以反過來說服
自己。

結果，我成為了世界上最樂觀的人。

暴戾的上帝

2005.XX.XX ──── XX:XX

暴戾的上帝，一道顯而易見的疤痕堵塞於腦葉皺褶；而把皺褶攤開的情況，只能由無個體行為能力的盲從者獨享。

把自己禁錮在無限界中的上帝、神靈，匯流、敗壞的球根、獨裁的資本主義者，各取其一。

為什麼末日不在夏天降臨？充其量只是升高的收縮壓在引導一場革命。

我買了一包香菸，放進夾克右胸的內口袋，然後俯視那些死老百姓：某個不成材的武裝自治團體。

「聖戰」被廣義地界定為「運
用最大限度的力量、氣力、
努力及能力對付不被認可的
事物」。不被認可的事物可
指敵人、魔鬼及私慾。

傷心至極的儀式──前篇

2005.XX.XX ──────────── XX:XX

當妳說願意相信我一輩子的時候，我剎然覺悟什麼都可以放棄。當然，所有
生命都只是崩潰的過程。妳也說我可以再愛上幾個女孩，然後就像這樣窩在
同一張電毯裡，感受同樣的溫度。

我叼起一根菸，嘴唇間熟悉的濾嘴寬度突然變得難以適應，我咳了幾下，當
然妳不知道它所要表達的是什麼，我也不奢望妳能理解。

那個冬天早晨，我們倆穿著棉襖站在馬路旁，近乎雪盲。妳舉起拳頭要我猜
猜看，哪隻手心握有糖果？但妳孱弱的雙拳卻因寒冷而不停發顫，以至於我
絲毫感受不到幸福的氛圍。又一個夏季夜晚，我們倆站在防火巷內大吵一
架，摔碎了妳的粉盒、搞丟了我的戒指。妳氣急敗壞地搥打我，卻壓扁了我
放在外套口袋的那包菸；我若無其事地拿出一根軟趴趴的、陽痿一般的香菸
點燃，妳隨即笑了出來，臉上還有半乾的淚水。我記得那夜算是涼快、下了
小雨，卻永遠忘記我們為什麼而爭吵。

妳將要永遠離開我了，我們說好不再見面，當然，我們順理成章地為此撕破臉，為了這個「不再見面」找到一個最合理的出發點。如果我在妳面前還有資格憤怒的話，我會把妳綑綁住，完美的人生是由遺憾和悲哀構成的，只是這也未免太痛。比較起來，藥物催促之下的電子噪音幾乎是假的、虛構的，皮膚上薄薄的汗水，也不過就激情那麼一次，鹹濕的、羼雜著濃重的酒氣、唾液連結的線。

我一個人裹著電毯，點燃一根菸卻不去抽它；我的心裡是發生了什麼？我要習慣溫度越趨低下的日子，再暴怒的靈魂也願意為此終結。

然後，我期待我們真的再也不會見面，看見妳幸福的樣子很痛。

如果，然後，我們在某處碰面，而妳臉上依然懸著半乾的淚水，我會殺了妳。

傷心至極的儀式

2005.XX.XX ──────────── XX:XX

【第一日】

理智就這樣被撐熄，一縷白煙所瀰散的焦臭好似最後沉入深淵的那隻呼救的
手，當它消失後，就再也沒有辦法得救。我獨自佇立在這個廢棄的暗室，約
兩坪大的狹小空間；依藉著唯一的紅色光源使我喪失辨色能力，聽覺上只有
抽風機轟轟作響的躁動，馬達就跟我的生命一樣在空轉。從今天開始，這個
暗室不再用來沖洗相片，酸臭的藥水味也不復存在，我將把它的用途延伸至
無限大，主要包括一些傷心至極的儀式。

二十分鐘前，我拆開僅剩的一包菸草，用捲菸紙捲起，一根接著一根點燃，
一根接著一根抽完。我把全部的注意力集中於冉冉而上的紅煙，但右手食指
跟中指卻不自主越抖越兇……是否連我的軀體都對這一切感到不寒而慄？
大腦空盪到失去猜測能力，畢竟這不是什麼仙丹靈藥；我呼出的不只是二氧
化碳，也是對命運的最後一絲順從。我不知道什麼是置之死地而後生，因為
我完全看不到重生的途徑。顯影盆成了超大菸灰缸，永遠無法闡述當我按下
快門那一刻到底察覺了什麼？過去一概被抹殺，現在，我只能用乾渴的喉嚨
敘述消退的意志。

我撐熄最後一根菸，然後就這樣無助地呆立；就這樣完成了第一個傷心至極的儀式。

如果說這一切的悲哀都是起因於妳也不為過，我如何能夠忘記妳？每一刻鐘，我都能從木門上那個供人窺視的圓孔瞥見妳的背影，就連電流通過安全燈的高頻雜音都透露著妳的呼吸；而妳的呼吸如此微弱，好似一捎就會斷掉的絲線，又可憐又美麗。妳對我所做的不是背棄，就憑我們兩個手牽著手能走過多少未來？妳只是比我更有覺悟；握在手心的一把沙依舊會被風吹散，命運掌握在我們手中，我們卻無法完全掌控命運。妳的存在對我來說神奇且難以言喻，每當妳把額頭靠在我的胸口，我知道自己的絕望都將枯萎；只要妳一感到無助，我的意志比受凌遲之刑還痛，就這樣一片片碎裂、一滴滴流乾。我所表現出的每一種堅強都是為了挽留妳，妳的出現使我這樣一個漂流的靈魂重新誕生在看得見曙光的世界，攤開手都能相信自己將擁有些什麼。

抽風機的扇葉轉得有氣無力，孤獨、缺氧、紅色的視界跟殘留的顯影劑加乘為最精純的迷幻劑，比我所用過的都令人銷魂。二十分鐘前，我還在回想我們在這個空間內曾有的互動。妳表達過對暗房的感覺：像是恐怖片裡出現的橋段，只有刑事警察、變態記者才會在這個數位氾濫的世代，依然站在小小的空間，拿著鑷子注目逐漸顯影的殘酷圖像。那一晚，我牽著妳的手走進妳所未知而我卻再熟悉不過的紅色領域。妳說氣味令妳暈眩，但等待晾乾的相片就像一件件曬在陽光下的小衣服，木夾子帶給妳超乎想像的溫暖暗示。妳希望我不要再把自己一個人關住，我說這邊雖然曬不到真正的陽光，卻能體會妳所體會到的溫暖。妳對這裡的一切感到新奇，黑白相紙映出妳從未見過

的細膩情感，妳也終於了解我為何孤注一擲在這乏人問津的領域。

洗出一張張有妳的相片，這樣的儀式似乎在冥冥之中成為我存活的支柱，直到妳決意離開的那一天為止。

喉嚨乾痛的程度，就像氣管無形成為燃燒中的菸頭；想喝水，房內卻連藥水都已經被我倒乾。我呆立在這裡好久好久……沒有計時器我無法估算時間，更何況是在心悸造成意識不清的狀態下。兩坪大的空間讓我不知所措，連菸都抽完了，我的人生還剩下什麼？絕望在我耳邊喃喃不停，像是跳針的唱盤，我有十足的能力親自按下停止鍵，但我的腦袋卻空盪到幾乎喪失行為能力。我不記得自己是什麼時候把這裡清理得如此乾淨。這瞬間我望向木門，那個供我偷窺外面世界的小孔，似乎妳就在門外等我，而我們的分開只是我用藥過度的幻想情節……我多奢求自己能擁有這般命運。諷刺的是，抽風機的馬達還是如我的生命一樣在空轉，安全燈也開始閃爍。如果我做得到，我寧願站在這邊死去。我所憎惡的社會一點改變都沒有，卻必須無限償還自己失誤所導致的後果。而我唯一的失誤，就是親手殺了妳，我太過恐懼於妳形而上的遠走。

【第二日】

我打算天天告訴妳我所發生的事，因為接下來的生命，不知道有多久。但唯一可以確定的是，我之所以活下來只不過是為了回憶跟妳所踏過的每一步。

這個傍晚氣溫開始下降，我坐在那張棗紅色的燈芯絨沙發上，凝視著電子防

潮箱；我對我的相機們傻笑，它們全神貫注望著我的眼睛、聆聽我說話，而在玻璃箱蓋映射中，我看起來比現實的自己更為憔悴。我感覺自己會死在家裡，因為我並不想出去，我不想生存在這個陌生的空間象限。陽台的貓沙盆飄散出陣陣惡臭，隨著陽光滲透進屋內。我手上捧著一大瓶礦泉水，二點二公升的液體被喝到只剩一口。這張沙發上沾黏了很多白色貓毛，我索性把整包貓飼料拆開撒落一地，牠跟我不一樣，牠會知道維持生命的方法。

記憶中也是一個秋天，一大清早，我獨自穿著國中制服坐在長椅上，灰色上衣、海軍藍長褲，加上一條有鐵製校徽釦頭的尼龍皮帶，側邊還印上了可笑的安全反光膠條。那種配色像是水中放入明礬後沉澱的雜質，說不出來是斷然分裂還是保留了一點曖昧？最起碼對於正值十幾歲的青少年來說一點活力都沒有。而只要在校園睜開眼的一刻，我們都被迫介入如此消極的情緒。我跟往常一樣不打算去上課，我不太願意跟任何人互動，對我來說，那些同學就像成群結隊的野狗，他們的結伴包含不了太重大的意義。我曾經見過公園空地的雜交派對，七、八隻大大小小的公狗爭相騎上唯一的一隻母狗，當牠們伸出利刃一般的陰莖，母狗立即發出將死的哀嚎。公狗為了占有母狗而咬住牠的頸子，牠頸子所綻出玫瑰色的鮮血，竟然跟你我的一模一樣。

輔導老師把我的思考邏輯斷定為「社會適應不良」，這等於間接懷疑屬於我的靈魂是否殘缺不全，而真正殘疾的「社會」，卻在大人眼中被塑造成良善的基準。

我就坐在一張充滿鐵鏽味的公園長椅上，白漆剝落得很嚴重，裂紋中隱隱透

露出已經氧化的黑青色輪廓，和我那死氣沉沉的制服相襯之下，儼然築構出一個我所嚮往的冷冽氛圍。我手中抱著一台Exa-1a古董相機，一貫的銀色配上黑色，透過平腰觀景器可以顯現左右顛倒的世界。這台被大伯遺棄的玩具在國中三年的日子裡，幾乎成為我用來了解這個世界的護目鏡。我總是比別人多花了幾道手續才能消化一件事情：取景、快門、沖片、顯像……我從十四歲就確定了這樣繁複的過程，才能把所有殘酷的現象整理成合乎邏輯的狀態。

「妳今天還是不去上學嗎？」
一個突如其來的問句把我的專注暫時打斷。

我抬起頭，用力把左右顛倒的世界再次顛倒回來，不過這景象看來刺眼多了。她是我的同班同學兼鄰居，也因此每週一到五都會被迫在道路的某個點上與她不期而遇，而我也不感到意外。我還沒有機會向妳提起她……她的外型就好似侏儒跟正常人的雜種，有著一顆超乎比例的大頭、短到看不見皺褶的頸子，更奇怪的是塌到沒有鼻梁的鼻子；我甚至懷疑那是在她出生時，醫生緊急用竹筷戳出的兩個小洞。
我趕緊把鏡頭蓋闔上，深怕自己一不小心按下快門。

「對，我今天也不想上學。」我低著頭，依然坐在長椅上。
「昨天我聽到輔導老師在說，想要建議妳媽媽把妳轉到特教班，所以我勸妳在這一切發生之前最好還是乖乖上學。我知道妳不是自閉症啦，妳只是沒自信。」

「……」

我不敢作聲，因為我第一次遇到可以把我心裡話說出來的人。我感覺到無比恐懼，幾乎是被人看穿我花了所有精神奮力埋藏的膚淺。

「既然妳這麼喜歡拍照的話，將來一定會成為一個藝術家啦，所以學校對妳來說不重要……但是今天再翹課的話，妳就得跟那些馬利亞的天使一起吃午飯了。」她碰碰我的手臂，暗示我該起身。

我遲疑了幾秒，整平書包的肩帶，然後把沉甸甸的相機拿在左手……我想妳早已經猜到，我只因為這樣一句話就開始上學了，而我跟她從此之後也成為很要好的朋友。嚴格說來，除了不想上特教班這個誘因之外，她也是極少數我不需要透過觀景窗就敢正視的人。她的長相非常醜陋，但是我知道她跟那些野狗不一樣。在我的心裡雖不認為她可以跟我平起平坐，但最起碼也是一個純潔的個體。

xxxxxxxxxxxxxxxxxxxxxxxxxxxxxxxxxxxxxxxxxxxxxxxxxxxxxxxxxxxx

白貓用力磨蹭我的小腿，整間客廳還是瀰漫著令人窒息的屎尿味。
我不懶惰，但也從來不是一個勤勞的人；我有潔癖，卻總在一個臨界點後崩潰。妳再也不會來到這個地方，對於一個將死之人來說，我也沒有多餘的氣力去維持表象的整潔，更何況我已經迂腐到骨子裡了。

或許電子防潮箱中就是剛好少了台Exa-1a，才讓我想起這個奇怪的年少回憶，也剛好我從來沒跟妳提過。我一共蒐集有四十三台相機，妳曾經說過我是戀物癖，不過若硬要界定偏執程度的話，那麼我想我一定是個瘋子。業界對我的評語很苛刻，「邊緣症」、「瘋狂」、「依賴毒品的癮三」……只因為我把生命過度專注在單純一個點，才節省了跟道德纏鬥的時間。過度的偏執使我成為激進的人，但還稱不上變態，除非我有權利去選擇錯誤的染色體。

一九八四年曾有位美國攝影師殺人的案子，克里斯多福‧懷爾德會用膠水封住美女的眼睛，逼迫她們自慰，在拍攝結束後再將她們虐殺，那才是變態。但我也無法判斷他是為了攝影而殺人，還是為了殺戮而攝影？無論如何，那都太做作了。我與他不同，我只因一個大眾都能接受的理由而剝奪妳的生命，我沒有別的方式能留住妳。

我喝光了手中最後一口礦泉水，卻立即產生嚴重的腹痛，這極可能是因過度飢餓而造成上腹絞痛。以過去經驗，我知道抽根菸就可以解決如此的窘境，但偏偏最後一包菸草就在昨日的失落中被解決。我沒有力氣也沒有意念走出去購物，更遺忘家中除了妳的屍體外還僅存些什麼？我只能等死。無所謂，至少能順帶完成第二個傷心至極的儀式。

吃人的街

我必須說我的故事，但我不知道該從哪裡說起。

我從小就有 **咬右手指甲肉的習慣，**

有時候還會咬到流血。

有時白痴會告訴我一些故事，然後我會覺得我的人生倒轉過來，

因為故事中的寓言和我對童年時光的愉悅回憶相連結。

我記得很清楚，當我還非常小的時候，

白痴 和我總是睡在同一張床上，

一張有蚊帳的破舊單人床，媽媽總是說著同樣的鬼故事。

我的思緒有很多 **斷層**，這也造成我跟大眾社會聯繫上的困難，

我的腦細胞之間好似互相沒有連結，它們總是自顧自地停擺。

每當我想伸手去拿水杯裝水，另一隻手卻會掐住我的脖子；

當我口乾到趴在地板上喘息時，小腿卻會用力彈動。

我以為我累了，但事實上是我 **還想跳躍。**

我生前的職業是一個男人。

我記得他精液的味道，微微的苦澀，就像是黃瓜**尾端的**滋味。

xxxxxxxxxxxxxxxxxxxxxxxxxxxxxxxxxxxxxxxxxxxxxxxxxxxxxxxxxxxxx

我必須說我的故事，我想可以從我唯一舒適的記憶說起。

信義區跟大安區的交界口，有一條吃人的街，

二零零四年的某一天，我一不小心就被奪走了身體某個部分，

不過在此之前，那條街已經奄奄一息。

它吃我不只是為了活命，

我可以完全理解那個意義，**它會吃人。**

我還活著的時候就已經在緩慢地崩壞了。

我的視界不只和我的身體，也和我的意識不相吻合，

雖然知道自己在毀滅，餓了卻還是要吃、要吞嚥。

儘管我覺得我遠離了所有生命，

那些曾與他們一同盲目遊走在這世界的庶民，

但同時我還是因著極巨大的神祕力量，而與他們牽扯不清。

那條街有座荒廢的神社鳥居，還有一隻像狗的居民，
我指的「像狗」不是關於他的長相，而是他生存的方式，
他總是在水泥地上爬來爬去，翻垃圾桶找東西吃。

他總是守護著那條通往荒廢神社的岔路。

「那條街有問題，**它會吃人。**」
我一說完，隨即被白痴狠狠地揍了一拳，但一點都沒感覺。

「媽媽說醫生告訴她妳快死了，人怎麼會死啊？」
我回答說：「告訴她我已經死很久了。」

xxxxxxxxxxxxxxxxxxxxxxxxxxxxxxxxxxxxxxxxxxxxxxxxxxxxxxxx

那隻像狗的居民經常躲在那條街的入口，有一道紅磚砌成的矮牆內，
那道矮牆沒有盡頭，它連結到後山的心臟。那個後山我只去過一次，
在山頂有一座林姓大墓園，墓園旁有一些真正的狗在跑來跑去，
那些狗後來也都死了，但是是老死的。

更久之前，那條街的附近有一家大醫院，醫院總是在建設，

我一開始不懂為什麼要一直建設，一直往上蓋、往上蓋、往上蓋……

這個城市怎麼有這麼多無法適應的人？

每當我望著一個點不動時，我會覺得四周都在流轉，越來越快，

還有一股重量壓在胸口，

那重量像是掛在卡車上、將要運送到肉販那邊的豬屍似的。

然後我會因為一陣暈眩感而昏厥，

但我還是可以清楚看到這個城市在轉動，

滿街車子的劣質引擎聲，聽起來像庶民的猥褻笑話。

我尖叫一聲，然後 **放開** 他。

我仍緊握拳頭，身上滿是那溫暖的液體，

聞起來也像黃瓜尾端，但是有一股腥香，像松露。

有一天早上我蹲坐在全家便利商店的門口，我一直嘔吐，

排水溝裡都是黏黃的汁液，很像膽汁，

陽光加上快速移動的城市讓我很不舒服。
之後我常常吐，也常常進出醫院，
我終於理解這家醫院為何建設得如此之好。

我不喜歡止痛針。
我的左手有好幾個點滴針孔。

那條吃人的街是這個城市中唯一不會令人不適的地方，
有時候會有一桶一桶的警方化驗檢體往後山送。

我死亡當時颳起了一陣旋風。
無數像是廣告傳單般的紙張飄落到居民腳邊，隨風四處飛舞。
那隻像狗的居民好像也死在鳥居下，
鳥居附近的紅磚屋貼著出售中的貼紙，是一棟視野很好的房子。

我牽著白痴的手，一起放聲大笑！

我必須說我的故事，但我不知道要從哪裡說起。

日暈。興建中的台北101與附
近居民所使用的流動式公廁。
2001/台北市信安街

蟲孔

2006.XX.XX ——————— XX:XX

今日是第四十五次對這份黑洞探測報告進行艦上研討會。

進入光速飛行軌道後，機身狀況是很平穩的，到處都有拿著星巴克咖啡的技術士悠閒地走來走去。我原本也只是一名基層機械技術士，卻必須替代在機艙中自刎身亡的弟弟出席核心會議。舍弟憂心於整個黑洞探測計畫是否將被移轉於軍事用途，向上級傳達卻又得不到任何回應……他並不知道這是政府全額資助的龐大研究，弟弟的合理懷疑迫使他被高層檢警軟禁，抑鬱終至結束自己的生命。

圖形遠離質量，在動力微弱的地方就沒有多少曲度。然而，儘管這些圖形能顯示出重力作用在時空裡對空間的影響，但是它們並沒有說明對時間的影響。廣義相對論預測重力會使時間緩慢下來。舉例來說：在空間曲度深的鐘會比平坦區域的走得慢。事實上，我認為遠離黑洞的表面幾乎平坦；表面曲度越大，重力也越強，被丟進去的任何東西都不可能再逃離。

這個不能折返點就是蟲孔，兩個宇宙所形成的弧線。

「當宇宙壓扁他時，人類仍然比殺死他的更為尊貴，因為他了解自己即將死亡，但宇宙卻對自己獲得勝利一無所知。」──B.Pascal

不久之前，我預見了某個恆星以不斷增加的速度向內塌陷，但現在已經到達了它的相對論階段。這個恆星是在塌陷的最後階段，幾乎收縮到了它的重力半徑；很明顯的幾乎是凍結在地平面的外緣。恆星的總亮度隨著時間指數性衰退，似乎變得更黯淡。

艦艙繼續向蟲孔前進，毫無緊張情緒，一堆拿著星巴克咖啡的技術士都在各司其職，往後我將繼續替代弟弟職務，成為調查小組一員。

我嘗試去思考一件事，如果真照B.Pascal的寓意來推判：政府高層那些一無所知、聽令辦事的劊子手，豈不就成了宇宙？我不自覺地笑了。在完美的宇宙中，無限會返回到它本身。這都歸功於黑洞中的巨大質能互換。我們離黑洞越來越近了！而我的弟弟，也可能再次出現，重生在某個蟲孔後，繼續他的調查與革命。

時間點約是傍晚，天色也不過剛暗下來，我走入營業中的不知名百貨公司。

百貨公司的一樓中庭採挑高至頂格局，是棟地面上八層地面下四層的樓中樓式建築，每一層樓都人聲鼎沸。有帶著小孩的父母、年輕情侶，以及像是公立大學校外聯誼聚會的團體。

當在觀察旁人之際，我突然感受到由人造大理石地板滲透出的寒意，才驚覺自己居然沒穿鞋子，上半身也只罩著單薄的深灰色睡衣：類似精神病院或女子監獄的制服。除了我之外，所有顧客都穿戴整齊，但他們卻絲毫沒留意赤腳的我。

我像是在絕對合理狀態下出現的瘋子，或靈魂。

我極度慌張地奔跑到二樓書店，那書店的地面鋪設著架高的深褐色木板。如同意料之中，當我踏進書店後立即感覺溫暖許多。高聳的書架上都是些精裝版原文小說，曲高和寡，無人閱覽。接著，我走近收銀台邊的報架，拿起兩份《紐約時報》，將它們分別摺疊起來包覆雙腳，我覺得安心舒適，也開始四處走動。

於是，我穿著《紐約時報》，整個人抬頭挺胸，相當有自信，也開始走入人群與社會。

文化吃人

2007.XX.XX ————————— XX:XX

當她將蒸籠蓋打開的瞬間……凝結的熱氣，就像急於竄逃出無垠恐懼似的
溢散開。她不由自主地往後退了一大步，深怕弄傷了自己完美無瑕的臉龐。
蒸籠裡滿滿的是熟透的第一女中學生，綠色上衣緊黏於軟爛皮膚上，不過是
用竹筷就可以輕易撥開的程度。

「把酒杯拿來！」她用命令式的口吻對父親說話。
「是……」滿是油垢的灶台後方，傳出氣若遊絲的回應。

接著，她回頭拿起一包被撐皺了的軟包紅雙囍，打開瓦斯爐，彎下腰將叼住
的最後一根菸點燃。由內臟深處呼出的灰黑色氣體，遠不及一旁醬油罐子的
骯髒。

她咬著菸，用長竹筷將蒸籠中的女學生一個個移到砧板上，小心翼翼地。

「來了……」
一只小巧的玻璃酒杯從爐灶後方的間隙中緩慢浮出；她順手拿起酒杯，透明
的杯底黏滿了焦糖色的半流質異物，應該是發霉的油污。她將砧板上女學生
的頭髮拔下，集合在那個小酒杯中。

「把窗戶打開！」她再度命令了父親。

隨後，灶台縫隙間伸出一隻腐壞的紫黑色手指，發抖著奮力推開老舊的木框氣窗。她以側臉貼近窗口，好似在用那白得透亮的肌膚，去感受任何一絲來自外界的動靜。這個世界對她來說或許過於殘酷，畢竟她生於一九七六年文革結束的慌亂，就算三十年後逃亡至離島，卻依然身處文化將滅的清貧年代。

第十一屆三中全會從根本上衝破了長期「左」傾錯誤的嚴重束縛，重新確立馬克思主義的思想路線、政治路線和組織路線。從此，結束了江青反革命集團，開始全面地、認真地糾正既往思想，並把工作重心轉移到社會主義現代化建設上。自此之後，慌亂的靈魂不需再處於低下人民的立場，「文化吃人」的意志控制也將不復再見；在這個民主化規範的社會，她想做，以及必須要做的，僅是「討伐可能的知識分子」這個簡單的行為意識。

她回過神，不再留戀窗外的景色，就算濃霧將凝結成雨滴，也不再干她的事。純白的骨瓷盤上有一道裂縫，不知道是何時造成的。這是從老家帶過來的古董，現今也無法求助於補盤的技術，什麼都失傳了。

十名已經清去毛髮的女學生呈放射狀排列，縫隙則用雕花的紅蘿蔔填滿，鮮紅的蘿蔔與深綠的制服形成對比，算是相當大膽的配色。

「爸爸，可以出來吃飯了！」
「爸爸，沒有紅衛兵了！」

爐子後方依然沒有動靜，不管她怎麼高喊，也沒有回應。黏膩的油垢似乎把聲音也凝結住了，而她悲哀地流出豆大的淚珠，跟窗外的雨聲相比，這分寧靜顯得格外嘈雜。她呼出最後一口灰黑色氣體，摁熄了菸，用纖細的左手拿起裝滿黑髮的白酒杯，仰起頭一飲而下。

父親長眠了，無聲無息，甚至找不著影子就消失了。
盤上的佳餚已經涼掉了，曾經差點被吃掉的父親，卻再也來不及吃它。

這名叫中央政府的女孩，也曾用盡心力去保有自己的年華；只是時代過去，文化人的孩子，成了政府，卻吃了文化。說到如此，她也不過才三十多歲，正年輕漂亮。
窗外的雨越下越大。

2007　　　一名男孩供認：他因玩火柴而引起美國加利福尼亞州的山火。這場大火導致1500戶房屋被毀、90萬名居民被迫疏散，燃

2000平方公里。9人在這場大火中喪生、85人受傷，其中包括至少61位消防員。

鼎兒

2007.XX.XX ————————— XX:XX

記得我就讀國中時，隔壁班有位很胖很胖、體重至少一百多公斤的男同學，他的雙腿是極細的，比任何一位女同學都還細。他從肩膀至臀部呈現巨大的鐘型身材，幾乎不具任何存在感的下肢支撐著極肥厚的臀部，肩膀接上一顆小小的頭顱，沒有頸子，整體看來不像存在於這個世界的人類。

之後他越來越胖，頭部越來越小，腿部也越來越短。

又過了一段時間，我站在教室門口，瞧見遠方走廊上的他搖搖晃晃走來；或者可說是「移動」過來。他的身材已經奇異到沒有任何衣服能穿，所以裸體著。
他從頭到腳，身體表面近乎九成都覆蓋了青銅色的刺青，腹部紋有一顆顆圓形凸起的立體深淺暗影，還有許多凹陷的象形文字圍繞於肩膀；手臂及腿部則是深靛色、帶有一些略似人臉五官圖形的暗花。至於小小的頭顱，除了一張臉被留白了之外，腦杓及耳際也都被密密麻麻的深綠色文字所布滿。

「他是『鼎兒』。」
「從他被選為神明身邊的鼎之後，就會逐漸變成一個鼎。」
「廟方的神職人員會幫他在皮膚刺上鼎的象形紋飾。」老師們這樣告訴我。

離學校不遠處有一座樹林，樹林中有幾株乾枯的大樹，歷史悠久的天公廟也在那附近。鼎兒通常都很早死，差不多成為一個鼎形人時，也就是他結束生命的時候。他會把自己吊掛在乾枯大樹的枝幹上，慢慢脫水，直到成為肉身菩薩。

有一天下課後，我看見他獨自慢慢地走向樹林的位置。

2nd Floor

2OO7.XX.XX ——————— XX:XX

距今大約是五年前了，二零零二年的事，要
回想的話只僅存一些片段。

由和平西路一段的德國文化中心過個馬路，
就是台北知名舞廳2nd Floor，路程約兩分
鐘。德文課結束差不多是晚上九點四十分，
同班同學通常會繼續留在教室提問，或走到
南昌公園搭公車回家。2nd Floor這時還沒
開始營業，但門口香腸攤的阿伯已經把骰子
及瓷碗設置好了。

「打香腸」是台灣「動吧（Club）」前特有
的文化，連夜市都不一定有打香腸攤，但夜
店門口往往會有：例如現在東區著名的夜店
LUXY前就能看到。你可以用二十元直接向

老闆買香腸，或拿來押注賭一把，贏了有多
一根香腸。

「打香腸攤賣的香腸一定比普通賣烤香腸的
好吃。」許多叔叔伯伯輩的人都會有這樣的
認知。

某夜，一個我不是很熟識的女孩，也可以說
是朋友的朋友，名字我不記得。她穿著一身
白衣白褲站在2nd Floor門口香腸攤附近準
備入場，圍繞四周的迷你裙台妹們不斷發出
嘲笑批評。

「她是神經病啊？」
「這是什麼打扮啊？」

女孩之所以引起眾人反感的原因，只能完全歸咎於那太過「專業」的服裝：她穿著純白漆皮、褲腳附有輪胎一樣圓形充氣物體的低腰大喇叭褲，上衣則是胸前印染螢光圖騰的白色比基尼。她甚至將長髮綁成高高的兩束，就像美少女戰士的月野兔，還繫了螢光綠色的髮帶。當時台灣沒有什麼人知道、抑或了解「銳舞」（Rave）文化的特定裝扮，就算在台北幾個最熱門的夜店中，也只能看見形似縱貫線檳榔攤工作者的辣妹造型。據說那位女孩的全身行頭都由L.A.購得，上下共花了五、六萬元台幣。她的工作是小模特兒，也兼做陪吃飯、陪睡的業務，就是現在大眾媒體所說的「傳播妹」，不過當時似乎還沒有「傳播妹」這個名詞。她的經紀人是個黑道大哥，不算很資深的黑社會弟兄，但是個專業藥頭。

現在台北市已經很難喝到用真的試管裝盛的「試管雞尾酒」了；所謂「試管雞尾酒」，就是把類似MARGARITA的冰沙狀雞尾酒，裝在化學實驗用試管內乾杯，藉以炒熱派對氣氛的花招。以前2nd Floor有賣，但可想而知各大夜店紛紛停售的原因：管子太容易敲破了。

在重低音及紫光燈的迷離之間，滿地皆是玻璃碎屑，舞客忘情地踩來踩去，越踩越開心，直到碎片全變成地板上的亮點。這時帶著通話耳機、穿著一片式黑色長裙的服務生就必須趕來清掃，神情通常不會太親切。

臉，沉穩接受我那從上至下的審視，沒有侵入性或反抗性的回應。但當我沉浸此錯覺一段時間，猛然抬頭，發現在等待入場的四散舞客也盯著我看的那刻……頓時我會陷入嚴重昏厥的迷離感，我會照著香腸攤發電馬達的運轉聲搖晃身體，並把釘狀舌環在上下兩排牙齒間摩擦出喀喀的聲響。我會覺得頭顱很重，也會感受到所有聲音跟節奏都無限放大延長。當我規律地把後腦杓往梁柱上輕輕撞擊時，一種遊絲狀的震波會經由耳膜穿刺到瞳孔，一點一滴把我的靈魂抽離出來。視線上開始分不清楚三杯透抽跟炒海瓜子之間的焦距，漸漸左邊與右邊的感知相互倒錯……一切都糊在一起；但當所有一切都幾近混沌地轉動時，我仍可以清楚看見視界內

的亮光在放大，昏黃的漁船燈火，似乎伴隨著空間中無形的節奏在閃爍。

「那就是『ㄅ一ㄤ掉』的感覺喔！」

我曾形容給專業Raver裝扮的月野兔小姐聽，這是她的回答。但是我並不相信，因為我也有過Drug Overdose的經驗，雖然我服用的藥物是鎮靜劑，而且服用過量的原因是：我忘記我吃過了，醫生說這是很常見的事。當時的感覺是喉嚨燒燙，腦漿像要噴炸出去一樣在擠壓我的頭骨，對於四周的光線跟聲音根本無力去留意，毫無「迷幻」可言。當我從兩年前開始停止吃任何鎮靜劑後，人生就被解放了。

「只吞一件半的話會有很棒的感覺，超過就有可能會ㄎㄧㄤ掉！」

「上次雄哥拿了一批紅MOTO來，每顆都像饅頭一樣大，那種只要吞半件就會high……就會有很棒的感覺。」

當她在發表豐富的嗑藥經驗時，說過的語句會不自覺重複，可能是長期服用劣質非成癮性毒品的關係，已經變成白痴了。

有朋友對我說月野兔小姐喜歡我，可是我不喜歡她，一來是她長得像某鍾姓香港三級片女星，二來是她現在的智商有沒有超過七十都不知道……我甚至不記得自己是怎麼認識她的。任誰都看得出來她是相當寂寞的人，

也需要藉著某種方法讓自己顯得獨立自主。

一次跟友人走進2nd Floor，那是在我開始上德文課之前的事。友人牽著我的手在人潮之間穿梭，常去那種場所的人都得習慣跟不是很熟的人手牽手，因為在擁擠的人群中容易失散，音樂也大到聽不見呼叫的聲音，落單的人往往淪落到被陌生人士不斷搭訕的命運。我們在置物櫃區放了東西，也看到許多蹲坐在置物櫃前的舞客：他們大都是喝醉了或是服用過多藥物而感到不適，只好逃離有巨大音樂聲響的區域來Chill Out。當我們穿越人群走到接近DJ台前包廂的位置，便立即看見右後方白色沙發區坐著那名大藥頭，旁邊還跟著他的朋友及一些傳播妹。沙

發前方有數個巨大鳥籠狀的裝置，用鋼管圍起來，是設置讓女孩們進去跳舞、搔首弄姿的。我看到身高一百七十二公分的月野兔小姐，手握著鋼管在扭動身軀，並不是那種煽情的舞蹈，就只是非常隨性但規律的搖擺。她的眼神中沒有任何人，只是處於藥物作用下的完全放空狀態，我可以看見她口中那種所謂high的感覺，指的應該就是自主而生的愉悅。

藥頭把我叫過去，請我喝了幾根試管並問我要不要幫他賣藥，我回絕了。我把雙手插入黑色夾克口袋中，向通往三樓的階梯走去，頓時我發覺自己在人群之中是隱形的：或許是因為全身穿著深色的服裝，在紫光燈照射下是完全不可見的，讓我能在與陌生人的推擠中，近距離觀察這些瞳孔放大的美麗男女。走上三樓後，還可以看到靠牆擺放的小沙發上，有男男女女抱著對方舌吻，他們的舌頭濕黏地交錯糾纏，但看得出來他們完全不需要對方，對方的舌頭只是一個工具，就像我舌頭中的釘子一樣，只是一個合金或塑化物，而非生命體的物質。我倚著欄杆俯瞰二樓的DJ台，舞池中的人群就像蜂巢裡的工蜂一樣在集體竄動，他們的組織跟所有群居動物相比都特別的多，他們在意識上是完全不需要對方的，但他們必須跟群體在一起才能有這種意識。往後，我通常都穿著深色衣服進出由紫光燈做為主要光源的場所，這讓我非常安心自在。

當晚還做了什麼我就不記得了，但獨自走出2nd Floor時已接近天亮，香腸攤也早已打烊。當我回去向那大哥打招呼說要離開時，看到月野兔小姐還是維持一樣的舞姿跟韻律在擺動，她除了更加放大的瞳孔外，也多了一絲笑容，濕濕的髮絲貼黏在臉頰上，汗珠隨著「咚茲、咚茲」的超重低音滴落，我想她已經達到一種外界全然無法介入的極樂。據說他們當天還有去TeXound跟錢櫃KTV續攤，主要是因藥效還沒退散。

過了數個月，我因為精神狀態問題無法順利入學跟工作，所以報名了台北德國文化中心的德語課程。每當德文課下課後，都會走到對面的海產攤喝一杯，友人們跟月野兔小姐偶爾會來陪我吃個消夜再上樓狂歡，月野兔小姐也開始換穿起仿蛇皮迷你裙配金蔥高跟鞋的台妹裝扮。

我自己再也沒有進去過2nd Floor了，一邊喝著啤酒，配合店內龍千玉的歌聲、門口香腸攤的馬達運轉聲……我往往會達到那種類似她們口中所說Drug Overdose的境界，而不需要承受人群恐懼症狀的心理負擔。

又有一天，我突然想停止這種怠惰的生活，結果跑去德國文化中心申請停課，把保證金跟可以退的學費都拿了回來，才發現我只上了不到兩個月的德文課，然後就再也沒踏進過捷運古亭站那一區，所以後來2nd Floor

歇業也是別人告訴我的。

「你們現在還會去哪裡玩？」
前陣子我詢問了當時常跑2nd Floor的一個
朋友。

「現在偶爾會去MOS吧……LUXY……不過
都是單純去跳舞喝酒。」
「不玩藥了？」
「妳覺得吞了幾件e後聽關史帝芬妮還high
得起來嗎？」

零七年初夏的夢境

2007.05.29 ——————— XX:XX

【當晚第一段夢境】

一個約莫十數坪大、類似工作室的房間內，她趴在地上幫他口交。

牆面為白色水泥漆塗裝材質，很普通、很乾淨，並沒有掛上任何畫作或裝飾物。地板則是四十五公分乘以四十五公分的仿磨石子塑膠地磚，施工人員黏得不太牢固，靠牆角處還有些微凸起，所以應該不是太平滑的觸感。

他背靠著黑色電腦桌下方，桌上的電腦螢幕因省電裝置啟動而關閉，只有邊框下方的電源指示燈閃爍著綠光；我也是由此得知了省電裝置進入自發性運作的狀態。可以確定他們沒有去察覺並關掉螢幕電源；通常電源指示燈不停閃爍的綠光會令人感到煩躁，所以可以判定：她替他口交的行為持續了好一段時間。主機散熱風扇運轉而發出轟隆隆的低聲，他背靠著電腦主機，主機有些微振動，他的身體也微微地振動。

他穿著有點寬鬆的長襬白襯衫，胸前鈕子開了三顆，半脫著深藍灰色牛仔褲，坐在地上。他不時小聲地喘息，並仰起他漂亮的側臉線條，寬鬢角，小小的耳朵。她趴在地上，右手扶著他的陰莖，左手平貼在他的大腿接近鼠蹊部。她穿著灰色寬領長T恤，露出左頸瘦弱的肩線，雖然上衣長度及膝，但她卻搭配了一件深灰色牛仔褲在裡面，這使

她蜷曲的身形看起來像一隻大老鼠。我想她並不覺得冷。

整個房間除了電腦主機散熱風扇的運轉聲外，就是他的喘息聲，他們並沒有對話。她默默地舔舐著他的陰莖，他看起來很舒服但遲遲沒有高潮。

她一直沒有表情地舔了好久，然後突然站起身，走出房間右側前角的窄門，他抬頭望著她走出去，卻還是癱坐在地上，露出狐疑的眼神，大大的單眼皮旁有些汗珠。整個房間，現在只剩電腦主機風扇在運轉的聲音。

過了一會兒，她走回房間，手上拿著一罐深褐色的賀喜巧克力醬。她趴回原來的位置、他的胯下，並把巧克力醬淋在他的陰莖上；他閉上雙眼，她開始繼續舔舐著，像狗一樣。

不久後，他大聲地喘息。
他的汗水從漂亮的鬢角上滴落，喘息聲大到壓過了馬達運轉，然後他大叫一聲，接連著不停顫抖，黃瓜前端的腥香混雜賀喜巧克力醬的濃郁甜膩瀰漫在室內。
他們從頭到尾沒有對話也沒有正眼看過對方。

電腦螢幕正下方的電源指示燈持續閃爍著，好像有香味一樣。

【當晚第二段夢境】

一個約莫五坪大的餐廳，左邊有小型的廚具組，很普通，牆面是延續工作室房間的白色水泥漆材質，地板也是仿磨石子花紋的四十五公分乘以四十五公分塑膠地磚，很乾淨。餐廳正中央有一張未塗裝淺紋木質的吧台桌，細細長長的圓角配著四張同材質高腳椅。我看到他和她面對面坐著，各自低著頭。

桌上放了一罐深褐色賀喜巧克力醬。

她與他的面前都有一顆全熟荷包蛋，用灰藍色盤子裝盛，蛋白與蛋黃的皺褶窟窿內積著一些淺色醬油。他們拿著筷子，沒有吃，沒有對看也沒有對話。餐廳內除了從隔壁房間傳來的電腦風扇運轉聲外，並沒有聲音。他們跟自己面前的蛋對看了好久。突然電鈴響了，她快速地回神起身，走向大門的位置，而他還在原地，轉過頭看著她並露出狐疑的眼神，他的眼睛很大。

「妳終於來了！」她說。

「對啊……約好要拿東西給妳，一直沒拿來。」客人說。

她接進客人並引領她走向餐廳，他也回頭露出了笑容並揮手致意。

他們倆對著客人露出了應酬式的笑容，卻令客人感到非常高興。

「妳吃過東西了嗎？要不要吃顆荷包蛋？」
她在噓寒問暖。

客人將橘紅色外套懸掛在其中一張高腳椅
上，並點了點頭；外套上留有一點水漬，應
該是雨水。

外面應該是在下雨的狀態。我心想。
而餐廳內並沒有窗戶，無法證實是否下雨，
但從客人的外套看來那的確是雨水沒錯。

她煎著蛋，他笑著與客人聊了一些「最近在
做什麼」之類的話題。她煎好了蛋，用灰藍
色盤子裝好輕放到客人面前桌上。
現在，三個人都有自己的蛋。

他們三個人跟自己面前的荷包蛋又對看了一
段時間。

客人突然拿起桌子正中央的賀喜巧克力醬，
拔開透明瓶蓋，用力往荷包蛋上擠。他們兩
個對於客人怪異的行徑感到震驚，而睜大了
眼睛。

「我試過，這樣滿好吃的……」客人露出燦
爛的笑容，像等著被誇讚的小孩。

他們兩個看著對方，沒有表情也沒有對話，
但是他們終於看著對方了！然後他們笑了一
下，餐廳此時變得跟房間一樣，都是巧克力
的味道。

【當晚第三段夢境】

夜晚的街頭有幾盞路燈亮著，剛下過雨的地面濕亮地映射著燈光，很漂亮。

無論街燈、水泥地、人行道、房屋外牆都是由各種深淺的灰色調組成，集聚起來的氛圍很像夏季深夜；我推測是深夜，因為不但一個路人都沒有，連店家也都拉下了鐵門。

他跟她手牽手從街的深處走近，她一樣穿著灰色長版T恤及深灰色牛仔褲，但卻沒有穿鞋，露出白皙的雙足，這使得她看起來更像一隻大老鼠；她的腳應該是感到濕滑而冰涼的，而他穿著名牌球鞋。他們兩個一邊笑一邊聊天，笑得很幸福。

「那邊好像還有一家店開著，要不要看看？」他手指著有點距離的對街。

他們兩個慢慢地走了過去，下過雨後的空氣相當乾淨。在他們面前依然營業的這家店是間屋頂極挑高、像是倉庫一般的店面，光是大門就足足有兩層樓高度，但平面面積非常窄小，我估測最多也只有十坪左右。店中除了頂上的日光燈管外，並沒有其他照明。有一位穿著白色汗衫的胖老頭坐在藤椅上，手拿芭蕉扇，很悠閒，也不招呼客人。「不好意思，請問這裡是賣什麼的？」她問道。

胖老頭用芭蕉扇指了指那挑高的三面牆：「這裡是賣藤蔓的。」

此時他們兩大才驚覺，三面水泥牆上全部壯

觀地爬滿了各式各樣的藤蔓，在藤蔓上還貼有紙牌，標示出原文學名、俗名以及產地。他們抬著頭與牆上的藤蔓對看了很久，露出不可置信的表情。

【當晚第四段夢境】
他們閒晃到一座白色鐵橋上，沒有牽手、沒有對話也沒有對看。他的手中提著一只紅白塑膠袋，裡面裝著一節與手臂同粗的深綠色藤蔓。

他們佇立在橋邊往下望，橋下是條寬廣的河流，河面很平靜，沒有什麼波紋，只稍微反映著橋上的路燈光線，一閃一閃。

他們對著河面看了很久，然後回過身準備離開。

此時，遠方天空出現了兩艘圓形發亮的巨大不明飛行物，以極緩慢的速度接近他們，還把四周照得跟白天一樣明亮。不明飛行物發出轟隆隆的聲響，就像耳朵緊貼著運轉中的電腦主機所聽到的聲音。

祭祀實出於「恐懼」，宗教的
輿論力量總以「感激」為此合
理化。

2004/AGFA ULTRA100/Contax T3

零四年夏季的廢墟

2007.XX.XX ———————— XX:XX

有一段時間，大約是二零零四年的夏季，因為當時與家人關係有點緊繃，所以決定獨自搬出去居住。我在和平東路附近租了一間不到五坪大的簡陋雅房，單人床跟電腦桌搬進去之後，只剩下還可以平躺進一個瘦子的縫隙。我把房間牆壁全漆成黑色，這使得空間看起來又比原本小了一半以上，但我從來沒有過如此沉穩的感受，如同在母體子宮內的黑暗，至少可以讓我睡得心安理得且不需面對現實。

當時每個月的房租是五千八百元，我在Lounge Bar 端盤子的薪水是兩萬多元，網路跟行動電話費等開銷是兩千多元，水電費則由室友一起分攤。室友都是我完全不認識的上班族，她們有沒有多算我也不知道，但她們都擁有自己獨立的套房浴廁，應該要付得比我多才對。剩下的薪水得支付交通雜支，還有開銷最大的食物跟醫藥費。我每兩個星期都要看一次門診，期間偶爾還會有一些急診的狀況。食物方面是由於沒有廚房無法開伙，而我的食慾卻又大得驚人，才會花掉這麼多錢。不過嚴格來說，當時活在藥物副作用與後遺症之中，實在很難去詳細計算些什麼。

我當時的興趣是闖空門，不是為了偷竊。

在和平東路、靠近捷運麟光站那邊有一整排廢墟，下班回家到附近時約是凌晨四點，我

總在天亮之前，拿著手機當照明，翻牆進空屋隨意閒晃，或是用相機拍攝排水管、電燈、有破碎玻璃的窗角⋯⋯基本上都是一些現在看了也不會知道廢墟輪廓的無聊照片。

老實說，我從來不知道那些房子長成什麼樣子，我從來沒有在白天靠近過那裡。我在天亮前一定會離開，每次皆是如此，一來是因為怕被人看到我的違法行為，二來是臉上濃妝已經花得離譜，我並不想被誤認為精神異常。日出那刻我就會乖乖回到深黑色的狹小房間，在走進門之前，一定會被剛起床準備上班的室友白眼，並告誡我不要吵到還在休息的人；事實上，我只要灌兩瓶酒就會睡死，我比她們都累得多。躺在床上關了燈，

就好似回到夜半的廢墟般充滿奇幻感，還可以清楚辨識草叢中躁動的蟲鳴。

我在夏天的尾聲接了一個NIKE公司的小攝影案，雖說小，但也有二十幾萬元預算，扣掉所有支出我還可以實拿十萬元，對當時的生活狀況來說不無小補，而我的女朋友也剛好被別人拐跑了，所以我又少了一點開銷。

過沒多久，這份工作終在一片混亂後順利交差。我在匯款入帳的第一天，就去便利商店買了一瓶七百五十毫升的劣質威士忌，之後又為了攜帶方便等理由改買小角瓶，然後一直持續下去。中間經歷了辭掉Lounge Bar的工作、一個兒時玩伴自殺轟動全國媒體、

一個因網路認識的摯友在海邊自殺身亡……不過正確的時間點跟順序，我現在卻完全想不起來，只記得要是沒帶小角瓶在身上，我會痙攣得很厲害，也會冒冷汗。但我能確定當時的自己並沒有酒精中毒，頂多只是精神上對廉價威士忌產生了莫大的依賴。

一個秋天的傍晚，室友不斷在敲門，這使得我必須從單人床跟電腦桌之中的縫隙勉強爬出來。因為不想讓室友瞧見髒亂的房間，所以我只開了一點門縫把頭探出去。

「最近一直聞到有很濃的酒味從妳房間傳出來，有點受不了……」室友抱怨著，語氣還算溫和。

「我沒有在喝酒。」
我當下直覺性地積極否認，但我想她早就確定酒味是由我房間傳出來的。是的，我確實是在睜眼說瞎話沒錯。

「我沒有喝酒，妳聞錯了。」
敵不過我的堅持，室友無奈地搖搖頭轉過身，而當我正要把房間門關上時，卻因為往後退了一步，誤推倒堆疊在牆邊的空酒瓶山；小角瓶們華麗倒下的同時，也發出巨大脆亮的聲響，比我一輩子聽過的任何音樂都好聽。

隔天接到母親叫我搬回家的電話，我便收拾行李離開短暫棲身了三個多月的小黑房。搬

回家後又過了兩個多月，我才去沖洗在廢墟
內拍攝的底片。可恨的是，這數十卷底片
之中，居然沒有任何一張照片可以幫助現在
的我回想：那間小黑房除了狹小之外，到底
長成什麼樣子？照片上永遠只有排水管、電
燈、玻璃破碎的窗角。

再過了一年的某個下午，我在偶然的狀況中
經過捷運麟光站，非常震驚地站在那裡，因
為我居然沒有看到任何一棟廢墟。

二零零五年夏季，廢墟全拆光了。

2003/ILFORD 50/Contax T3

廢墟是最寧靜的空間，因為
它曾被使用過，所以被遺
忘。人們會去追尋並占有新
的事物，糟蹋它、褻玩它，
然後拋棄。被拋棄後的一切
終究能獲得安息，如同繁殖
場的母狗，脫肛而死，也才
能獲得永恆的寧靜。

腦子很吵，停格在寧靜的人事
物身上是一種掙扎的過程。
2003/ILFORD 50/Fed 3

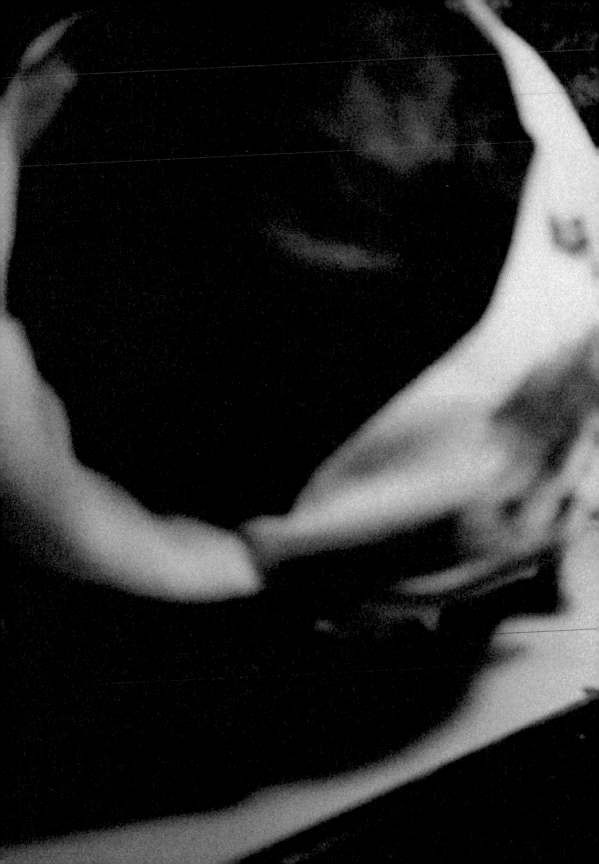

童年與大便

2007.XX.XX ——————— XX:XX

一九九零年，我就讀的第一所小學，是一間全校一到六年級和所有教職員加起來，只有八十幾人的小學校，校區則是把台北縣石碇鄉與深坑鄉之間的小山丘砍掉一半而建成的，我當時常因為感到樹根還留在地表下，而覺得非常不自在，就像走進移碑不移墓的舊陵寢一樣不自在。

校門口有一株做為標的物的大樹，那株樹在數年前的一場大雨中被雷劈成一半，至今卻還奇蹟似地存活著，縣政府於是把它列為保護物，並沒有因為道路拓寬需要而剷除它。老師與長輩常藉此樹勉勵小朋友：就算遇到再大的考驗還是應該堅持下去。但這株大樹的形體非常畸形，任何一個小孩都看得出它不是自願存活下來的，每當狂風吹過時，乾枯的樹葉一片接一片掉落，也會發出窸窣的悲鳴。

「我那天晚上看到，有一個叔叔在幫樹打針，後來才知道他每天都會去打針！」

阿娟說的叔叔是鄉公所的人，我想他們是在幫大樹打類似抗生素的東西，甚至有可能是防腐藥水。但過了幾年之後，那株大樹終究枯死了，所在的位置也變成了柏油路；而他們依然只移走地表上的枝幹，至於留在地底的樹根，也沒人在乎它是死是活，反正沒人看得到。

我通常是走後門的小路去上學,並不是為了刻意避開那株樹,只是單純習慣走人少的地方。有位非常照顧我的劉阿姨就在後門樹林間搭建的工寮內工作,她當時已經五十多歲,是常駐學校的校工。每當我的便當被同學打翻後,她都會在小木屋內煮陽春麵給我吃。我永遠是一邊哭一邊走進樹林,在遠方就看到皮膚黝黑又滿臉皺紋的劉阿姨在對我微笑,她總是不問我為什麼哭泣,只問我要吃多少,然後把細麵條丟進燒著沸水的破鐵盆內。木屋外的陽光有時會斜射進來,屬著枝葉的影子,看起來並不像正午那樣強烈。

說也奇怪,我很少在樹林以外的地方看見劉阿姨,我甚至懷疑過她是神明。

當我吃完了麵,走出樹林,再沿著後門的小徑走回教室,途中往往可以看到我那凹陷變形的鐵便當盒被遺留在路上,蓋子被打開,裡面的飯菜傾倒出來,通常是鄰居送的鹹粥或吃剩的油飯。我會跪在地上徒手把殘渣撿回飯盒中,把盒蓋蓋好,再扣上尼龍製的便當帶。這時會有微風吹來,是從後門樹林的方向吹來的,因為午休時間太過安靜,所以能清楚聽到乾枯樹葉掉落的窸窣聲。

我是全校唯一的「外省人」,同學們往我臉上潑水時,也會一邊笑一邊叫:「幹你娘!中國豬!」可惜的是我一個字都聽不懂,當然我感受得到別人的不友善,只是還不太能體會省籍情結這種複雜的東西。
常常欺負我的同學裡有一個叫阿娟的女生,她只是慈惠的小跟班。慈惠

是班上的大姊大，在掃除時間都會拿水桶對著我潑灑，而阿娟是個皮膚黝黑又很強壯的女生，操著嚴重的台灣國語。我之所以對她印象這麼深刻，是因為三年級的某一天早晨，阿娟邊哭邊走進教室內，扁塌的鼻頭上沾滿濕滑的淚液，人中到上唇間還黏著一大片黃鼻涕，而她哭得相當淒厲，一張大餅臉全變了形。阿娟用閩南語敘述的經過我一個字都聽不懂，但我看到她把上衣撩起時腹部一大片瘀青、潰爛、血漬揉糊地一大坨，約有餐盤寬度的傷口表皮還不斷滲出血水。我生平第一次看到這麼噁心的傷口，浮在其上的組織液濕潤得像鼻涕一樣滑動。我坐在遠方望著小朋友們圍繞她驚叫，也聽見老師狂奔進教室的聲音，之後她被帶去醫院，老師才跟其他孩子說明阿娟受傷的原因。

阿娟的家庭成員有爸爸、媽媽，阿公，阿嬤跟一個姊姊；因為媽媽沒有生出男丁的關係，造成父親天天喝得爛醉回家毆打妻女，這對當時極度重男輕女的鄉下社會來說，並沒有人會覺得意外。

「阿娟的媽媽早上煮了一盤水餃給剛回家的爸爸吃，水餃放在桌上，熱騰騰的，阿娟肚子很餓，所以隨手拿了一顆水餃丟進嘴裡，好死不死被酒醉的爸爸看到，於是爸爸抓起了阿娟的頭髮往牆上捶……然後又因為媽媽跟姊姊出面制止，爸爸火氣更大，索性把她對著桌角用力一踹……」
老師還說，後來那盤水餃也從桌上翻倒，瓷盤破碎散了一地。

我覺得比較有趣的一點是：阿娟還是負傷走到了學校，由此可見，這場

家庭暴力對她來說有多麼的司空見慣。

這事件讓我想到對我很好、常常送鹹粥給我吃的鄰居一家。有一個周末，他們住在南部的親戚北上來聚會，於是在院子烤了土窯雞，邀請我跟父母一同去享用。我看到他們把包裹全雞的錫箔紙打開，拔下剛烤好的雞腿，一隻給了身為客人的我，另一隻則給了他們家裡唯一的小孫子，然後再剝下雞翅、雞胸肉盛盤。大家就圍在一張大圓桌上，和樂融融；但一直到吃完我都覺得很納悶，那些年紀跟我差不多大的女孩們到哪裡去了？只見此時她們的父親將她們喚來，看也不看地把剩下的雞架子與塞在雞肚子裡提味的藥渣遞給她們，並揮了揮手指示她們離開，四、五個女孩興高采烈地捧了一堆骨頭坐到遠方地上開始分食。
在他們的家規中，女孩與沒生出男丁的媳婦是沒資格上桌吃飯的。記得當時我父母也被此文化差異所震驚，久久說不出話來。

後來，阿娟在小學四年級前就轉學了，據說是因為她媽媽終於生出了一個弟弟，於是他們全家搬到台北市，過著幸福的生活，阿娟跟姊姊也都得到祖父母給予的豐厚零用錢。

我們班上還有另一個阿娟，是一個留著豬哥亮髮型、皮膚黑到像原住民的瘦小女生。她會打赤腳走路來上學，也常被老師處罰，在脖子掛上「我不說台語」字樣的板子，她只是一直哭，也不知道該怎麼辯駁，因為在我的印象中，她真的不太會說國語。她是一個單純樂天的女孩，下課時間總會去後山抓一、兩隻甲蟲回來玩，如此她就心滿意足了。

一天早晨，已經幾近遲到時間才看見阿娟走進教室，不過當大家抬頭瞧見她的那刻全笑了出來：她的黑臉腫得跟「麵龜」一樣，雙眼完全瞇成不成形的細線……她不斷嚎啕大哭，似乎是在大喊著「好痛」。當時聽不懂台語的我只覺得狀況不對勁，阿娟的臉也已經變形到像是異形卵將孵出的前一刻；或是注入過多矽膠導致毀容的小針美容。若不是她那頭招牌的豬哥亮髮型，我還真的認不出來她是阿娟。

在一片關切與嬉鬧聲中，有同學聽出阿娟含糊的哭喊：
「阿娟說她被蜜蜂叮了啦！」

霎時氣氛變得很緊張，再也沒有人笑得出來。有三、四個同學衝出教室向老師求救，另有三、四個人攙扶住阿娟，我則是獨自站在教室的最後方，冷眼旁觀那些圍觀者的對話。
有一、兩個人對阿娟說：
「妳那ㄟ架尼衰啦？」
有一、兩個人露出擔心的表情：
「蜜蜂在哪裡啊？會不會追來啊？」
不過我想阿娟什麼都聽不到，在老師衝進教室的前一刻她就昏倒了。老師將完全沒有意識的她抱去保健室，過了至少二十分鐘後才聽到救護車的聲音，救護車似乎是從深坑趕來的，畢竟石碇並沒有醫院。隔天校長告訴大家阿娟痊癒的好消息，但獨力照顧她的阿嬤完全付不起醫藥費，只好由老師們代墊。說也奇怪，自從這件事發生之後，我再也沒看過阿娟露出燦爛的笑容了。

在鄉下唸了幾年小學，也不盡然全是寂寞的度過。記憶中的玩伴有一兩個，在校外的朋友年紀則稍長我一點：瘦瘦高高的婷婷，只要是生日或節慶我們都會玩在一起，手拉著手轉圈圈直到兩人頭暈摔倒，然後躺在地上大笑。可惜的是她先搬去台北市住了，雖然我們身為藝人的母親偶爾會碰面，不過兩個小孩卻聚少離多，當時也沒有像網路或手機這樣方便的聯絡方式，所以慢慢斷了訊息。直到十幾年後長大成人，才意外地在台北市某家夜店碰面，又過了一、兩年，她卻自殺過世了。

在班上還有一位好朋友叫嘉瑜，她是我們全班經濟狀況最好的小孩。她的外祖父母是深坑石碇地區的地主，家裡經營茶室，表姊妹們都在自家陪酒。每當我被欺負時，只有她會在一旁安慰我，我也會說故事給她聽。

某天，她告訴我一件很特別的事情：
「妳知道張正華喜歡妳嗎？」

我身為全班最胖的女生，外號還是「歐羅肥」，實在很難想像會有男同學暗戀我。

「他每天站在教室門口時都在偷看妳喔！而且上次老師幫他擦屁股，因為有妳在場，他覺得很害羞就哭了……妳不在的時候他都不會這樣。」

張正華是一個特別的男生，皮膚黑黑的，沉默寡言，長相沒什麼特色；特別的是他出生時沒有肛門，是經過手術開刀才裝了人工肛門，以至於他沒

辦法完全控制自己大便失禁的症狀。往往上課上到一半，全班同學就聞到臭味，老師又不能立即中止課程去幫他換褲子，只好讓他站到教室外面的走廊上課。

關於「有個滿褲子大便的人暗戀我」這件事，實在無法讓我開心起來，自從嘉瑜告訴我後，我就刻意避開張正華的視線，而這個人在我的記憶中也慢慢疏離淡忘。

一天，下午三點的打掃時間，我們一如往常提著水桶及掃具去操場，豔陽斜射在黃土跑道上，映照到一坨狗屎。班上調皮的男同學用報紙墊著手掌捧起狗屎，追著大家跑來跑去，突然一個腳步不穩，那坨狗屎在半空翻騰了好幾圈，然後砸到我的腳上。我不覺得這有什麼好奇怪或骯髒的，畢竟我家養了一百多隻流浪狗，天天都得踩著一堆狗屎才能走進家門，同學們卻圍了一圈指著我大笑，甚至笑倒在地，我只感到尷尬與無趣。

眾人嬉鬧中，突然有句話語響起：
「歐羅肥跟張正華果然好配喔！」
「大便！」
「大便！」

慈惠起聲一呼，同學便此起彼落地邊笑邊喊著「大便」，我這時才明白原來所有人都知道張正華暗戀我的事。

在同學的笑鬧聲中，我瞥見獨自佇立在遠方的張正華，眼中微微泛著淚光，一語不發。

然而，我並沒有擦掉腳上的狗屎走回教室；而是直接來到當天擔任清潔股長的嘉瑜面前。

「妳是不是把張正華喜歡我的事都跟全班講了？」
「……」
「妳是不是講了嘛……」
「對不起啦……」
「……」

她立即道歉了，我看得出她真的有悔意，但其實我本來就沒有要怪罪她的意思，我知道她可能是受到威脅利誘才說出此事，更可能只是為了得到多一點群體認同。小學生當然不了解同儕間的是非判斷，而她也完全理解自己所犯下的錯誤。

「走吧！我帶妳去一個地方！」我對她說。
「可是還要上最後一堂課啊……」

我沒等她反應過來就拉著她的手衝出教室，一直往後門的方向跑去。當時天空微微泛著橙紅色，逆光的樹林卻已一片漆黑，還有許多蚊蟲呈螺旋狀在集結飛舞，好似一條上升中的蟠龍柱。

我魯莽地撞開林間工寮大門並喊著：「劉阿姨！我肚子好餓喔！」

一如往常，劉阿姨在已經點燃油燈的木屋中回頭對著我微笑，也露出一絲憐惜的神情。

「唉喲……沒吃到午餐為什麼不趕快來找阿姨啦……今天還帶朋友來喔！來，阿姨煮麵給妳們吃。」

只見劉阿姨把破鐵盆燒滾了水，丟了兩把麵進去。我轉頭對站在一旁的嘉瑜說：

「劉阿姨煮的陽春麵是我這輩子吃過最好吃的東西！妳一定要吃吃看！」

嘉瑜低頭看著地上，眼眶也濕潤著，直到我們把剛煮好的麵條送進口中，她才終於展露笑容。

之後我們三個人留在木屋中聊天，直到太陽下山才離開樹林。路途中，我與嘉瑜談笑著，就像今天什麼事都沒發生過。

「阿姨的麵真的好好吃喔！到底有加什麼啊？」

「好像只有一些青菜、豬油跟鹽吧……」

「一定有加什麼祕方吧，就跟妳說的一樣好吃呢！」

看來嘉瑜也對陽春麵讚譽有加，而當時天色已晦暗不清，小時候的鄉下，六點多就天黑了。

「如果有祕方的話，我想就是她加了大便吧！」
我一邊笑一邊回答她，鞋子上殘留的狗屎也不那麼臭了。
嘉瑜也笑了，而後我們就各自往自己家的方向走去。

之後我很少再跟嘉瑜談心了，我並不覺得是記恨於這次的事件，只是之後也不太知道要聊些什麼，我也越來越習慣獨處。

在回家路上，我經過校門口被雷劈的那株大樹遺址，透過路燈，隱約可以看見它還屹立在此，但這極可能只是我的幻想罷了，畢竟它早就死了。

2003/AGFA ULTRA 100/
嘉義布袋蘿蔔田・媽媽

洗選中的白蘿蔔，準備
醃漬成蘿蔔乾。
2003/AGFA ULTRA 100/
嘉義布袋

天空有隻仰躺中的大白兔，上
帝不會站在牠的肚子上面，佇
立在白兔肚子的上帝說：「末
日近了！」應該也不會有任何
人感受到恐懼。

2004/AGFA ULTRA 100

涅槃

1999.XX.XX ————————— XX：XX

我的宗旨是涅槃。

任何質量、能量在宇宙初始時都是混沌，

必須再有一次大爆炸，我才得以進入涅槃。

Catch188 我們，都是末日殘存者 作者：歐陽靖 責任編輯：陳怡慈 美術設計：蔡怡欣 校對：呂佳真
出版者：大塊文化出版股份有限公司 台北市10550南京東路四段25號11樓 www.locuspublishing.com
讀者服務專線：0800-006689 TEL：（02）87123898 FAX：（02）87123897 法律顧問：全理法律事務所董安丹律師
郵撥帳號：18955675 戶名：大塊文化出版股份有限公司 總經銷：大和書報圖書股份有限公司
新北市新莊區五工五路二號 TEL：（02）89902588 初版一刷：2012年9月 初版四刷：2015年5月 精裝定價：380元 ISBN：978-986-213-355-2
Printed in Taiwan 版權所有‧翻印必究

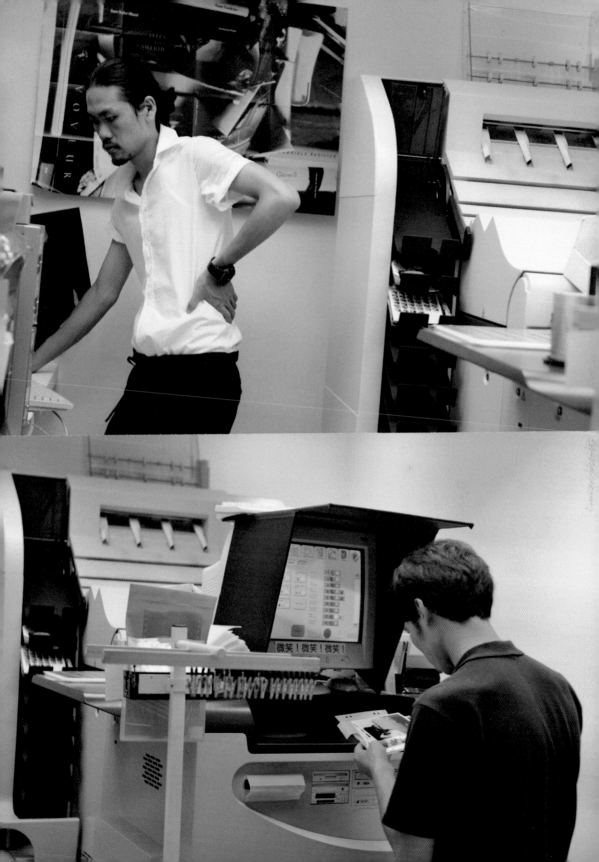